するう。 S L O W

ITO TAKAYUKI

いとう たかゆき

文芸社

すろう

SLOW

目次

冬将軍

ストロー

零 下

コーヒーショップ

ゆめのかたち

冬将軍

パチパチ

日曜日に
冬の日陰で僕たちは
洗車をする

ゆっくりと
空に浮かぶ白い雲のように
時間は過ぎてゆく

きもちいい寒さ
きもちいい空気

陽射しが現れはじめると

背中が温かくなって
うれしくなって

ぱちぱちと
屋根から音が聞こえる

うれしそうに
ネコが出てきて
屋根の上で伸びをしている

ぼくたちも
ゆっくりと深呼吸して
青い空見上げる

飛行機雲が
まっすぐにのびていく

見ている先から
音もなく静かに消えてゆく
白い線

昔子供の頃に見ていた景色のように
時間が僕たちのまわりで戻りはじめる

久しぶりにこんな空を見た

さあ早く洗車を終わらせて
部屋でコーヒーでも飲もう
二人の時間を作ろう

ぱちぱちぱち
やわらかな陽射しを受けて

屋根が背伸びをする
ネコが背伸びをする

枯れ葉

くるくるくる
風に揺られて
枝から静かに
枯れ葉が離れて
ぼくの足元に
落ちてきた

くるくるくる
コートのすそを
持ち上げた風は
信号待ちの人々のうしろで
誰にも気づかれないように

消えていった

いつのまにか白くみえる息を
始まったばかりの朝日に
吹きかけてみたら
冬が深まってゆくのを感じた

くるくるくる
やがてこの枯れ葉達が
雨のように
コンクリートの上に
降り積もるのだろう

くるくるくる
都会に迷い込んだ
枯れ葉は

行き先を決められずに
ぼくの肩先で止まった

冬将軍

雨が降っているね
朝からずっと

いつのまにか季節は冬に

夏に買った洋服も扇風機も
しまわないうちに

もうすっかり寒くなりました

あたたかいコーヒーを入れて
ストーブをつけて

去年買ってすぐにしまってしまった
冬服を出して着て
今日はおうちで過ごしましょう

雨のせいかな
こんなしっとりした気分は

テレビではなくラジオでもなく
ほんの少しだけ窓を開けて
雨の音を聞いて過ごしましょう

この頃週末はいつも雨みたいねと
きみがつまらなそうに外を見ている

そうかな　最近忙しかったから

たまにはいいんじゃない
なんにもしない日は退屈ではなくて
時間が過ぎてゆくのをゆっくり確かめてみよう

雨の降る日はうちにいて
いそがしい日々を少しスローに

時計の針が動くのが聞こえてくるまで
静かな一日を過ごしましょう

いつのまにか

将来僕は何になるんだろうと
期待と不安でいた頃は

こんな時代になるなんて
知りもせず　考えもせず
割と能天気に考えて生きていた

危機感だとかあせりだとか
おなかが痛くなりそうな
毎日を過ごして

今ここにいる自分は

あのころの自分とは違うのかな
写真で見る自分の顔は
今でもなんかてれくさいものです

いつかは大空を飛べる鳥になるのかな
七つの海を渡るイルカになるのかな

そんなことばかり
いつも考えて今日も生きています

気がつけば周りの友たちは
ドラマで見たような生活を手に入れて
守るものを見つけて必死に暮らしている

いつのまにかあの頃の熱さは
いつも何かに怒っていた頃の熱さは

体温で確認することさえなく
もうずいぶんと歩いてきてしまったみたいだよ

冷めてしまったわけではないんだよ
あきらめてしまったわけでもないんだよ

ただいつもなんとなく時間に追われて
自分の足元ばかり見ている
いつまでもこんな感じじゃないんだよ

いつかは大空を飛ぶ鳥になって
七つの海を渡るイルカに乗って
君を連れて行きたい
まだ見たことのない新しい明日へ

こいするなぎさ

今日はいい天気になるよと
天気予報で聞いていたから
確信犯的に風邪を引き
通勤電車を逆戻りして
木更津の海を見にきた

冬の海には誰もいなくて
悲しみを乾かすには
今日くらいの
陽気がちょうどいい

あつくもなく寒くもなく

ただゆるやかに
海からの風が吹いて
なんとなく
おだやかな気分にしてくれる

毎日おんなじペースで
誰にもわからないように
先週終わった恋を
てのひらで隠して暮らしてゆくにも
少しつかれて

水面を飛び立った鳥が
ぼくの頭の上を越えて行く

気がつけば
悲しみが少し和らいで

誰かに会いたい
気がしてきた

またはじめよう明日から

思い通りに生きて行くには
失うものを覚悟しないと
次へは行けないのです
新しい自分には会えないのです

もう少しここにいよう
そしてもう少しだけ
この気持ちを大切にしていよう

やがて季節がこの海と
僕の気持ちを変えて行く

恋が終わったわけではなく
新しい恋がまたどこかで始まっただけ
誰にも悟られないように
この思いを広い海に投げてしまおう

ホテホテ

もしもぼくがぼくじゃなかったら
犬のようにホテホテしていて

朝寝坊でぐーたらで
飼い主の散歩にも付き合わない
そのくせえさだけは沢山たべる

なんてあまのじゃくな
犬のようにしているんだ

でも大好きな車に乗っても運転できないな
胴が長くてクラッチが切れないや

あれ　ハンドルもうまくまわせないぞ
鼻が挟まって一緒に回ってしまうよ

これじゃあ車は乗れないよ

どうやら犬ではだめらしい
こんな犬ではたいへんだ

やっぱりにんげんがいいらしい

ぐーたらでも
朝寝坊でも

いつも日向でホテホテできなくても
車に乗っていられれば
首輪がついていなければ

どこへでも行ける
いつだって行ける

二本の足と二つのてのひらで

君とてのひらを重ねて
話をしながら歩こう

足は遅いけど

君と感動を分かち合おう
取るに足りないことであっても

ふたりでホテホテ散歩をしよう

冬空

なにもないんだよ
どうもしないよ
ただうたを歌いたいだけなんだ
今夜はこうしてうたを歌いたいだけ

どうしてなんだろ?
気がつくと
君のうちへと足が向いている

吊革につかまってみた夢に
君が出てきた
なんだかとてもうれしそうに

僕をみて笑っていた

どうしているのかな
君は今どこにいて何してて
何を考えているのかな
吊革にぶら下がった気持ちを
そのままにして
君の声を探しに
笑い顔を見に行こうか

ポケットに手を突っ込んで
商店街に群がる人波をよける
てのひらとぼくの心の温かさを
君に伝えたくて

なにもないんだよ

どうもしないよ
ただあなたに会いたくなって
夜空を越えてここまで来たんだ

どうしてなんだろ?
忘れたはずの
昔の思い出がよみがえってくる

自転車がぼくのすぐ脇を通りぬけて
二人乗りの笑い声だけを置いていった

拾い上げて確かめようとしたけれど
君じゃないこと分かっていたから
そのままにして通り過ぎた

いくつもの出来事を思い返して

もうどれくらい歩いたのか
思い出そうとしたけれど
案外気持ちはあやふやで
悪いことだけ忘れてきちまった

今夜はどこへ向かおうか
君の面影を探しに
どの列車に乗ってどの駅に降り立とうか
そっと街灯の下でぼくに寄り添ってくる
自分の影に話しかけている

なにもないんだよ
どうもしないよ
ただうたを歌いたいだけなんだ
今夜はこうしてうたを歌いたいだけ

どうしてなんだろ？
気がつくと
君のうちへと足が向いている
なにもないんだよ
別にどうもしないよ
ただ今夜は月がきれいだから
冬空がなつかしいから

ひとり酒を飲んでいるだけ

こんばんは

こんばんは
今日も一日雨でしたね
週の初めは切なくて
早く帰って眠りたいのに
なかなか時間は
思うように回ってはくれないのです
傘をさして
はやくおうちに帰ろう

きっとあしたになれば
今日よりは少しだけ
スムーズな時間が
穏やかな時間が

とりあえず
めどが立たない机の上を

いそがしく
まわりつづけた

時間の針を
心の速度を

きみの笑顔で

ゆるやかにして
穏やかにして
はやくおうちに帰りましょう
いつもの距離で会いましょう

コーヒー

コーヒーの湯気の向こうに
おだやかそうなあなたの顔が
やさしそうにこちらをみている

十二月　季節は冬に
一年は早いねとあなたが言えば
不思議とそんな気がしてきて
考えてもみなかったけど笑って頷いて

ストーブの火が音もなくゆれている
日曜日　時間は午後二時で止まったまま
週の始まりまではもう少しだけ

おだやかに二人で過ごしたい
電話もならず　誰もたずねてはこない一日は
どこか雪深い山奥の小屋みたい
静かな休日
穏やかな休息

ストロー

各駅

冬なのにあたたかく感じるくらいの
西日を背中に受けて
電車はゆっくりと僕を運ぶ

きらきらと海が風にゆれて
ゆっくりと浮かぶヨットが
ぼくとおなじスピードで進んでいる

どこまで行くのか
誰も気にしてはいないだろう
空を流れる雲の行き先のように

おんなじ車両に座る人たちは
みんな眠そうにしている

誰もお互いを気にすることはなく

時間はゆっくり
各駅のペースで走る

忙しく走り続けた一年を
今ゆっくりとひとり振り返ってみる

君を笑わせること怒らせること

何気なく過ぎて行く毎日の中で
時折大事なことを見失ってしまう

今日はやさしくしよう
なんてらしくないことを思うのは
さっきのカーブで電車が
スピードを落としたせいかな

やわらかい日差しの中
うたた寝をしたみたら
夢の中で君に会えるかな

そんなやわらかな気持ちで
毎日を過ごしてゆきたい

おはよう

おはよう
今日も雨だね

洗濯物も乾かないし
窓を開けていても
雨が入ってきてしまうから

おとなしく本でも読んで
少し昼寝なんかして

午後には紅茶でも飲んで
ゆっくりとした水曜日を

そうしたら雨の水曜日でも
少しは好きになれるかな

梅雨明けまでもう少しあるから
もうちょっとだけ雨と仲良くしていよう

忙しく過ぎてゆく毎日の間に
ぽっかりとあいたなかやすみを

もっと有効に　もっとゆっくりと
いつもの自分に戻れるまで

結論

僕らが抱えて暮らしている
どんなことも
それに対する明確な
答えは見つかるものではなくて

恋愛も仕事も勉強も
悩んだりして
苦しんだりして
ひとりでいろいろ考えて
夢の中まで探しに行っても
誰かのところに拾いに行っても

多分見つかることではなく
毎日の生活の繰り返しの中で
そのうちふとした瞬間に
誰かに教えられるわけでもなく
知らない間に出てくるもの

見つかるのではなく気がつくもの

雑踏

今朝、雑踏の中で
あなたを見かけました
ほんの一瞬のことなので
心の準備も出来ていなかったので
少しどきどきしました

なつかしいような
うれしいような

ひとりでまた歩き出したら

すこし寂しいような。

元気ですか
横顔だけでは
よく分からなかった

そんなことあたり前だよね
ひとりで歩いているのに
笑っている人なんて

なんて考えていたら
僕がひとりで笑っていました

ほろほろほろ

いそがしい毎日に
こころのカケラがほろほろと
音も立てずに落ちてきた

それはまるで
飛び立った鳥の羽根が
空中で円を描きながら
降りてくるみたいに

ゆっくりとした速度で
ぼくの足元まで

風がふいて舞い上がったら
また青空に飛び立ってゆけるのかな
そんなことを考えていたら
ぼくのこころのかけらも軽くなって
青空へと飛んでいった

歩こう

長く真っ直ぐと伸びた道を
急ぐことなく
歩いてゆこう

立ち止まったり
振り返ったり
風が吹いても
気にすることなく

自分の歩幅で
肩の力を抜いて

誰かがだらしないとか
かっこ悪いとか
背中を指差していても

気にしない
気にしない

誰も自分のことなんて
分かりはしないのだから

おおらかに
おおらかに
長く伸びた自分の道を
歩いてゆこう

クリップ

君の胸ポケットに
銀色のクリップをひとつ差し込んで
ぼくの気持ちが離れてしまわないように
左胸に貼り付ける

ちいさな銀色のクリップ
どこででも手に入りそうなクリップ
だけどこのクリップは
ぼくと君との距離をつなげてくれる
大切な任務を受けているから

ちいさくてもとても大切なもの

廊下やトイレでなくしちゃいけないもの

君の胸ポケットに
銀色のクリップをひとつ差し込んで
ぼくの気持ちを離さないように
左胸に貼り付ける

安上がりでもとても大切なもの
当たり前に価値を感じられたのなら
それがぼくと君とをつないでくれる
大切な銀色のクリップ

いちにち

きょうはいちにちいい天気だね
たまにはこんな日に　ふたりで
なんにもしないで
窓際の日が当たるところで

のんびりして
あくびをして

雲の流れを目で追って

おひるには紅茶を入れて
パンを焼いて

ベーコンエッグをつくろう

なつかしい
ゆっくりと過ぎてゆく
お昼の匂いを
ふたりで

どこか遠くで学校のチャイムが
鳴るのを聞いたら
なつかしい校舎に
夕日に照らされて
長く伸びた友達の影を
思い出した

あの頃は一日が長くて
朝も昼も夜も

走り回りながら
時間と追いかけっこを
しているように
毎日が過ぎていた

そんなことを考えている
夢をみた
君が眠っている
ぼくの傍らで

ゆっくり　ゆっくり
日が沈むまで
空をみていよう

ストロー

冷たいジュースに差した二本のストロー
赤と青のストライプでなつかしい感じがする
まっすぐに伸びた二本のストロー

君はそれをうれしそうに手元へと引き寄せて
ひとりじめだよ　と言いながら
ぼくを見て笑いかけた

子供のようにうれしそうに
ぼくのまわりをクルクルまわって
やっと会えたからと喜ぶ君は

もしかしたら犬なのかな
スカートの中でしっぽをぱたぱた振っている
君を考えたらなんだかうれしくなってきた

あたたかい日差しを浴びているみたいに
こころが温かくなってきた

もうすこしこのままでいよう
なんにもしていない一日だけど
何かをする必要なんてないから
ただおだやかにふたりでいよう

風邪を引いたと
鼻をかわかしている君は
やっぱり犬なのかもしれないね

君に首輪はいらない
いつもそばにいて
遠くに行ってしまってもすぐに帰ってくるから

とりあえず名前だけでも付けよう
ぼくと同じ名字に君がなれるように

旅路

長いようで短い毎日と
短いようで長い一瞬
そんな繰り返しの毎日の中で

ぼくらは一体何の為に旅を続けているのだろう

探しているものは簡単そうで案外隣にいたりして
ただそこにたどり着くまでが大切なのかな

ひとつの価値では見えて来ないもの
ひとりの世界では広がらないもの

それがぼくにとっての答えなのかな

経験だとか　駆け引きだとか
そんな難しい言葉よりも

もっと簡単に　もっとおだやかに
おたがいを分かりあえたら
おたがいを許しあえたら

毎日は続いていく　黙っていても勝手に
繰り返す波のように　時にやさしく　時に強く

ただそのことだけが真実で
いつもそばにいて決して枯れることのないもの

形を変えながらもそばにいて

いつまでも無くならないもの
それがぼくにとっての答えなのかな

デジタル

音もなく液晶画面で
刻む時間よりも

正確な音で
いつのまにか進んでしまう
昔の時計の方がぼくはいいかな

毎日止まることなく動きつづける
正確なデジタル時計より

少し進んでしまうくらいの
あわて者の方がぼくはいいかな

気がついたら止まってしまう
そんな頼りないぼくみたいな
背中にねじ巻きが付いているような
カタカタ動くおもちゃみたいに

そんなことを言っているぼくは
若いくせにきっとアナログみたいです

なにを求めて人は暮らすのか
なにが必要でなにが大切で
守りつづけるものは一体なにかを
ちゃんと分かることができる自分

ぼくのまわりであんまり重要に扱われないもののほうが
ぼくには少し大切に感じてしまう

時間通りにテレビは始まり
予定通りに仕事をこなし

電車は必ずホームに現れ
飛行機は毎日空に帰る

アナログみたいな自分になろう
人より少し遅くても

デジタルには分からない
やわらかさ　おだやかさ
人間だから自分だから
電池なんていらないよ

気がつけばいつも

今度の休みはどうしよう
そう思うとそばにはいつも
君がいて

どこか遠くへ行こう
ずっと遠くへ行こう

仕事がいそがしくなくなったら
ゆっくりどこかへ旅しよう

少しさびれた温泉がいい
人の少ない田舎町がいい

そんなことを考えているときの
僕の心は　なんかいいな

今度の休みはどうしよう
そう思うと夢の中でも
君がいて

どこまでも続いてゆく道を
君とふたりでゆっくりと歩きたい

気がつけばいつも　君がいて
当たり前のように　そばにいて
僕の顔をゆるませてくれる

そんな風な毎日が続くのって
なんかいいな
今度の休みはどうしよう
天気予報はいつも
青空

零下

雨の京都

雨が降っていました
ぼくたちが歩く足元には
いつもより深めの水溜りが

足を取られない様に
下を向いて歩いていると
傘が木の枝に当たって

たくさんの雨のしずくが
僕たちの肩に降りかかって
ひさしぶりに歩く雨の京都は

出したばかりの長袖では
少し寒く感じます

ゆっくりと　あたたかいコーヒーを
飲みながら　見下ろした公園には
音のない雨のカーテンが
いくえにも重なって降っていました

ひさしぶりに見つけた時間

木漏れ日

二日目は白馬に行きました
カルナージュでパスタランチを食べて
ゆっくりと窓から差し込む
午後の木漏れ日を背中に
あたたかいコーヒーを飲んで
秋の日の午後をのんびりと過ごす

普段はなじみのない音楽が
店内を静かに流れていて
でもそれがとても心地良く感じ
ついつい長居をしてしまい
外に出ると　白馬の山から

秋の風が静かに通りすぎて行きました

あれから一年がたったんだ
つい昨日のことのように感じているのに
そのあいだにいろいろなことがあって
あの日から今日までの時間が
すぐ近くにあるみたいな気がしてしまう

そんな気がしてしまう午後でした

安曇野のそら

何日かぶりに東京の生活がはじまりました
久しぶりに旅から帰ってきてみる東京の空は
おんなじ青い空なのに
空気も雲も空の高ささえも違う気がします

よかったですよ　安曇野の秋の景色は
少し寂しげで　それでいてなつかしいような
「あーこの景色が好きなんだな」ってかんじました

いつもの「安曇野文庫」という喫茶店に行き
コーヒーを飲んで　ぼーっとして
朝もやから夕暮れまでいちにち　安曇野の空の下にいると

あんしんします

あんまり寒くないかなって思っていたら
夕暮れからやっぱり寒くなってきて
「田舎家」で熱燗を飲んでしまいました
なんにもない畑の中に夕暮れで長く伸びた木の影が
音もなく静かにたたずんでいました
なつかしいかんじがした　安曇野の夕暮れ

Thank you

いつもいつもありがとう
雨も、風も、太陽も、雲も
いつもいつも明るくやさしく
いつもいつもそんな君に
ありがとう、ありがとう
今までもこれからも

恐縮ですが
切手を貼っ
てお出しく
ださい

1 1 2-0 0 0 4

東京都文京区
後楽 2－23－12

(株) 文芸社

ご愛読者カード係行

書　名				
お買上書店名	都道府県　市区郡　書店			
ふりがな お名前			明治 大正 昭和　年生　歳	
ふりがな ご住所	□□□-□□□□		性別 男・女	
お電話番　号	（ブックサービスの際、必要）	ご職業		

お買い求めの動機 1．書店店頭で見て　2．小社の目録を見て　3．人にすすめられて 4．新聞広告、雑誌記事、書評を見て（新聞、雑誌名　）
上の質問に 1. と答えられた方の直接的な動機 1．タイトルにひかれた　2．著者　3．目次　4．カバーデザイン　5．帯　6．その他

ご講読新聞　新聞	ご講読雑誌

芸社の本をお買い求めいただきありがとうございます。
の愛読者カードは今後の小社出版の企画およびイベント等
資料として役立たせていただきます。

書についてのご意見、ご感想をお聞かせ下さい。
内容について

カバー、タイトル、編集について

今後、出版する上でとりあげてほしいテーマを挙げて下さい。

最近読んでおもしろかった本をお聞かせ下さい。

お客様の研究成果やお考えを出版してみたいというお気持ちはありますか。
ある　　ない　　内容・テーマ（　　　　　　　　　　）

「ある」場合、小社の担当者から出版のご案内が必要ですか。
希望する　　希望しない

ご協力ありがとうございました。

〈ブックサービスのご案内〉
小社では、書籍の直接販売を料金着払いの宅急便サービスにて承っております。ご購入希望がございましたら下の欄に書名と冊数をお書きの上ご返送下さい。（送料１回380円）

ご注文書名	冊数	ご注文書名	冊数
	冊		冊
	冊		冊

おんなじ歩幅で
おんなじスピードで
いろいろな景色を　共に
追いかけて、さがして
いくつもの感動と
数え切れない思い出を
集めて、作って　いつも
あたらしいふたりでいよう

あたりまえのふたりでいよう
これからもずっとありがとう
Thank you

かたちにならないもの

朝日の前に家を出て
夕日が沈んだことさえ
知らないくらいに
毎日毎日働いて

めしを食べ
風呂に入り

唯一の楽しみになった
布団の中に潜り込む

ぎゅうぎゅうになった通勤電車に

やさしい気持ちも踏み潰されて

年老いたひとをみても
自らの疲れを理由に
目を閉じる

気がつくと一年がすぐ終わる
目が覚めると週末がすぐ終わる

誰かのために過ごした日々は
遠い昔の自分の誇りに

一生懸命生きることとは
こうして自分を見失うことと
帰りの電車の座席を求める
おやじぐらいの見知らぬヒトに

教えられた

春の桜を見ぬままに
夏の空を気付かぬままに
毎日毎日働いて

酒を飲み
ホームで眠る

唯一の楽しみになった
昔の思い出をたぐりよせる

いつからが始まりで
いつまでが終わりなのか
考えてみたけれど
ずっとおんなじ時間が

ぼくのそばで流れ出ていた
たぐり寄せよう
遅くはないさ
手を伸ばそう
自分の明日を
まだまだこんな自分じゃないさ

零　下

通勤電車をしのいで
波に流されるように
改札をぬけて
人々が無表情に歩いて行く

うちから随分遠い町まで
来てしまったかのような
さびしさは

あなたがいないさびしさなのか
冬が本格的になってきたからなのか

天気予報で今日はマイナスと
そういえば今朝の電車は眠れなかった

今日も始まる
いつもと同じ空　同じ景色
おなじ顔に囲まれて今日も働く

途切れることない毎日に追われるように
ぼくはひとり

夕暮れを窓越しに見送って
季節感のない温室の一日が終わる

さわがしい
街中をぬけて駅にむかえば

自分だけ
取り残されたように
心が離れていく

ただ毎日同じようなことの繰り返し
折り目がつかないのは生活を守るためなんだと
自分に言い聞かせてはひとり電車に乗る

あれから随分遠いところへ
歩いてきたような
気がするのは

あなたがいないさびしさなのか
冬が本格的になってきたからなのか

冬は街を変えて行く
まばゆいばかりの明かりにつつまれて

今日も暮らす
いつもと同じ空　同じ景色
おなじ顔に囲まれて今日も過ごす

無　題

ぼくにとって詩を書くことは
天窓がある日の当たる
屋根裏部屋で
絵を描くようなこと

音のない部屋で
わずかな埃さえも
日にあたって見えるくらいに
僕のまわりの時間が
止まって見えるとき

僕の中から流れ出してくる
言葉たちに耳を傾けて

遠い街の季節を思い
木々達がざわめく音に
耳を傾けて

きっと普通に考えたら
ただの変わり者
世間からこぼれ落ちた
はずれ者なんだろうな

他人に合わせるのは
もうそろそろやめて
自分のペースで
自分の道を歩いて行こう

長く細くどこまでも続いて行く
この道を信じて君と二人

弱々しく泣く日があっても
ほんのすこし後悔する日があっても
こころがくじけなければ
気持ちが終わらなければ
乗り越えて行ける
僕を信じて

歩いて行こう
これから始まる毎日を
二人でちょっとずつ
新しいものに変えて行こう

振り返ったときに
この道から
景色が見下ろせるくらい
遠くまで

歩いて行こう

うた

ポツポツポツ
雨が朝から降っています
電車の窓から見える景色を
つつみこむように
雨は朝から降っています

足元で口を開けている
水溜まりに
足を取られないようにして

人波をすり抜けて

今日も仕事場をめざし　ひとり

雨は好きですか?

安曇野の止まった時間の中で
見る景色ならいいかな

昼下がりの人気のない喫茶店で
窓から見る景色ならいいかな

ポツポツポツ
雨が朝から降り続いています

いろいろなことを考えながら
雨にぬれたアスファルトを　ひとり
歩く

きみを想うこと

いつでもどこにいても
何をしていても　君のことを想う
夜の街を歩いているとき
駅で列車がホームに滑り込むのを
見ているとき
ひとりで傘をさしたとき
どんな時　何をしていても
誰といても君のことを想う
このごろはそれが不自然じゃなく

眠れなくもなく　僕の一日の中で
うまく混ざり合っている

たとえば僕が君のことを
想うことを止めたとしても
きっと気がつかないだけで
癖や好みは　僕と一緒に
生き続けてゆくのでしょう

義務ではなく習慣でもなく
君を想うことは

朝起きて顔を洗うようなもの
急いでいるときは忘れてしまえても
落ち着いてよく考えてみると
必ずこころのどっかにいて

決して忘れることはない
君を想うこと
それはつまりそういうことなのです

いつでもそばに君がいて
それを当たり前と思わないよう

ひとりになったときに
そっと君のこと想うよ

電信柱

コートの襟を立てて
急ぎ足で行き交う人々

街角にはいろんな風景があって
数え切れないほどの
喜び悲しみ出会いと別れ
そんな大切な時間をひとりで見てきた

春には桜の花びらが
ぼくの足元に集まってきて
ランドセルに黄色い帽子の
子供たちが通りすぎてゆき

夏が来ると
僕のおなかにセミが止まって
みんみんみんみん鳴いていた
昔は網で取っている子供がいたのに
気がつけば誰も気にすることもなく
ただ暑い夏だけが過ぎていった

もうずいぶんとこの街に
ぼくはひとりで立ち続けていた

知らぬ間に僕より背の高い奴がいて
つかず離れず話すことなく
無愛想でそれでいて偉そうで
ぼくを見下ろしながら
僕の背中に影を作っている

最初は気にしていたけれど
最近ではそんな奴ばかりが増えてしまい
なんにも言わなくなってしまった

毎年秋が来るとぼくの足元に
枯れ葉が集まってきて
黄色い絨毯を作ってくれた

夕焼けがあたたかかった

冬になると最近は
たくさんの電飾が街を飾って
とても夜じゃないみたいにきれい
行き交う人たちもなにか楽しそうで
あったかそうに二人して歩いている

けれど僕はすこし寂しくなる
隣に立ってくれる恋人も僕にはいない
やさしく話しかけてくれる人もいない

いるのは酔っ払いが独り言を僕の足元に
まきちらしていくことぐらい
小犬が用を済ませるくらい

毎日ぼくは立っていた
誰に挨拶するわけでもなく
話しかけるわけでもなく

ただひとりでこの街の季節を
この街の歴史を見つづけてきた

いつか機会があったら
違う街の景色も見てみたいな
暑い国に行って乾いた海風を受けて
小麦色に焼けちゃったりして
違う夏の景色と違う自分を見てみたいな

それとも昔見た　まだなにもなかった頃の
景色の中にたたずんでみるのもいいな
あるのは柿の木と畑道だけの田舎の景色
秋枯れの寂しさの中で
カラスと一緒に夕日を見ていたいな

今年もまた
コートの襟を立てて
急ぎ足で行き交う人々

街角にはいろんな風景があって
数え切れないほどの
喜び悲しみ出会いと別れ
そんな大切な時間をひとりで見てきた

これからも繰り返す
数え切れない季節を
これからもずっと僕は見つづけよう
いろいろな夢と現実をこの街の下で

昔うわさで聞いたことがある
海にあるという波のように
ずっと

風の中を

なんにもない
毎日にいらいらしたり
少し寂しかったり

いろんな人に会ってはみても
おんなじ気持ちの人はいなくて
かえって寂しく思えてきて

なんにもない
毎日に
誰もいない部屋の中に
音のない時間を刻む

いろんな景色の中を
ゆっくり歩いてみたら

たくさんの季節の風を
ゆっくり吸い込んでみたら

少しだけ上を向いて
口元を少し持ち上げて

新しい時間と
新しい自分

なんにもない
毎日でもいらいらしない
寂しくはない

なわとび

この頃のぼくは
まだなわとびを覚えはじめた子供のように
縄が手や足に絡まって
うまく飛ぶことができない

手を動かすことと
足を地面から離すことが
バランスよく繰り返せないで
何秒かおきに
立ち止まって
やり直して

回数を数えはじめたら
また一から始めるような
そんなことの繰り返しを
毎日　毎日

この頃のぼくは
青空を見上げることが少なくて
夢や未来の希望のことより
毎日の生活を考えてしまう

月を見ながら歩いたり
風の匂いを感じながら
季節を確かめたりすることを
いつのまにか
忘れてしまった
失ってしまった

忙しい毎日という言い訳のもとに
この頃のぼくは
まだなわとびを覚えはじめた子供のように
縄が手や足に絡まって
うまく飛ぶことができない

荒野

ぼくの頭の中を風が
吹き抜けて行く

ぼくの後ろには誰もいない
目の前を走る人の背中もなく

まっすぐに頬を切る冷たい風
耳の感覚がなくなってしまうくらい

ただ灰色の風の中
ぼくは前を目指す

風にまぎれて誰かの声が
ぼくを呼んだ気がしたけれど

振り返らない　立ち止まらない

時折足元に波のような風が吹いて
足元をすくわれそうになるけれど
倒れそうになるけれど

ぼくは立ち止まりはしない
あきらめはしない

やがて日の当たる場所が
ぼくを待ってくれているはずだから

やがてこの痛みはぼくを強くしてくれるはず

さあ歩き出そう
まっすぐに前を向いて
深く息を吸って呼吸を整えて

やがて見えてくる太陽がぼくを導いてくれるまで

もうどれくらい歩いたのだろうか
自分の体が自分じゃないみたいに感じてしまう

暗闇を照らすものは何もなく
寄りかかる壁さえも見つからない

あきらめそうになってゆく気持ち
足元にしゃがみこみ
眠りにつきそうになる心を

誰が助けてくれるものか
誰が救ってくれるものか

風にまぎれたあなたの声を
確かめようとするけれど

振り返らない　後は振り返らない

やがて日の当たる場所にぼくがたどり着いたら

迎えに行こう
君を必ず迎えに行こう

体中の痛みを忘れてしまえるくらいに
君を　太陽を　抱きしめよう

風が吹いた

誰もいない駅のホームで
ぼくの白い息だけが
遠く誰もいないベンチに向かって
飛んでいった

寒い

一月になるとすっかり
華やかだった十二月の風景は
全てリセットされ
また新しい一年が
ゆっくりと動きはじめた

待ち合いのいないベンチに座って
今日一日の出来事を考えて
君のことをかんがえて

ひとり

ここは海風が通り過ぎる道
東京湾でも潮の香りがしている

あと一日で週末がやってくる
そんなことを毎週思いながら
我慢比べのように過ごす毎日

あかり

遠くから列車が近づいてくるのを

暗闇にわずかに感じる明るさが
教えてくれた

帰ろう

もう少しで君の待つ家まで
あとほんの少し

あたたかくなってきたきもち

コーヒーショップ

ぽろぽろ

ハトが
歩くぼくの足元で
首をちょこちょこ
動かしながら
ぽろぽろぽろ

なんか手で捕まえられそうな
そんなのんびりしたペースで
ぼくの行く手を阻む

ハトは寒くはないのかな
白い息を吐き出しながら

気がつかれないように
ちいさな歩幅で歩いている
ハトをそっと追い抜いた

たまには

こんな天気がいい日に
いつもの人の流れから逆らって
予定通りの一日を
否定してみるのもいいな

なんにもならないけれど
なんにもしない一日を
過ごしてみるのもいいな

人があんまりいない
ショッピングセンターに行こう

いつもと少しちがう景色の中を
ゆっくり歩いてみよう

どこかでチャイムが鳴っている
なつかしい気持ちがしてきた
忘れていた大切な時間

たまには
こんな静かな時間を
誰とも話すことのない時間を
ひとりでゆっくり確かめてみよう

忘れかけていた毎日の新鮮さを
忘れ去られていたなつかしい時間を
ゆっくり取り戻して　確かめて

今自分がいる場所を
毎日見過ごしているものたちを
ゆっくり取り戻そう
そして確かめよう

自分を取り戻そう
今から

雪

白い息がゆっくりと風に乗って
遠くの山へと運ばれて

遠ざかる特急の後ろ姿を
ゆっくりと見送る

足元には真っ白な雪が
久しぶりに降り立つ穂高の景色は
なんにもなかったかのように
しっとりとおだやかに
ぼくらを迎えてくれた

雲の隙間からアルプスの山並みが
時折現れてはまた消えてゆく

雪の小道を歩きながら
音のない時間を
白い絵の中にいる自分を

踏みしめながら　確かめながら

晴れ間がのぞいたわずかな時間を
見逃さないように
ふたりで写真をとった

時間が経ってもこの瞬間が
夢になってしまわぬように

毎日仕事をしているときのように
ゆっくり時間が過ぎてくれれば
もっと沢山楽しいことができるのにね

そんなことを考えながら
君のおだやかな横顔を
そっとぼくの心のシャッターで
しあわせという名前のアルバムに収める

白い息がゆっくりと風に乗って
遠くの山へと運ばれて

過ぎ去った時間を一緒に
雪の中に放とう

また始めよう新しいきもちで毎日を

東京は出掛けた日より少し寒く
安曇野の寒さよりも体にこたえます

部屋に帰ってストーブをつけて
ゆっくりといつもの時間をはじめる

気がつくと窓の外には白い雪が

この雪は僕たちが長野から連れてきた
東京に降る今年最初の雪

特急に乗って遠くから運んできた
今年最初の雪

なつかしい雪

てのひら

てのひらに
ぬくもりが残る
秋の夕暮れ

さっきまで
隣で笑っていた
あなたは

もう別の街の夕暮れを
列車の中でみているのかな

赤く染まった高い空を

二羽の鳥が飛んで行く

うちを目指して
家路を急ぐ人々に似て
少しおだやかに見える

あなたと一緒に歩いてきた
坂道の上からは
さっきは気が付かなかった
家々の明かりが見えはじめてる

帰ろう　帰ろう
おうちへ

ストーブをつけて
お湯を沸かして

あなたが無事におうちに帰れるよう
てのひらのぬくもりが消えないように

あたためて
大切にこの時間を

帰ろう　帰ろう
いつかはおんなじおうちへ

てのひらのぬくもりが
いつまでも続くように

やさしい気持ちを抱いたまま
月曜日の朝など考えずに眠ろう

コーヒーショップ

週の真ん中の昼下がり
いそがしい時間の流れを少し止めて
君のことを考える時間を作るために
コーヒーショップに隠れよう

ぼくの足元を止まることなく
車が人が通りすぎて行く

ぼくは万年筆を出して
君への想いを言葉に変える

湯気がゆるやかに立ちのぼる

厚手のカップを満たしたコーヒー
冷めてしまう前に　飲み切ってしまう前に
君へ伝える言葉を形にしよう

それを今日のぼくがやるべき仕事にしよう

勉強をする人
パソコンを打っている人
本を読む人

昼下がりのコーヒーショップには
いろんな人がいて
思い思いいろいろな景色を見ている

ぼくは窓の下の混み合っている
車の流れを見つめながら

おだやかな週末を思い浮かべている
君といる時間を思い浮かべている

君はどうしているのだろう
誰と話して　誰と笑って
どんなことを考えているのかな

もしもこの人波の中に
君を見つけられたのなら

どんなにうれしい気持ちになれるだろう
どんなにやさしい気持ちになれるだろう

厚手のカップに入っていた
コーヒーは飲みかけのまま冷めてしまった

なのにまだ見つからないぼくの言葉は
想いが足りないわけではなく
大きくなりすぎてしまった気持ちを
整理するのにはもう少しだけ
昼休みが必要です

コーヒーをもう一杯たのもう

春

月曜日
昨日降っていたことが
嘘みたいに
きょうはいい天気になりました
空も雲一つなく
気が付けば花の匂いがしていて
もうすぐ桜が咲くんだなぁ
って感じがしている
いいね春は

なんにもないのに
なぜだかうれしくなってきて

どこかに出掛けたいような
気がしてくる
重ね着を一枚減らすたびに
体が軽くなったような
気がしてくる
やっぱりいいね春は

寒かった冬が嘘のように
あたたかい日差しが
道端のたんぽぽを
やさしくつつんでいる

部屋で留守番をしている
ストーブも
そろそろしまわなくちゃね

窓を開けたままおでかけをしよう
誰よりも先に春を迎えられるように

すろう

なんかね誰かとゆっくり
話がしたい気分なんだよね
別に誰ってわけではないけど
ただなんとなく声が聞きたくて
君の声を聞きたくて
君の話を聞きたくて
ただそれだけで
ただそれだけで

毎日が幸せで
うれしくて
うれしくて

こんな風に思える時間は
毎日のスピードよりも
少しだけ遅くなる

こんな風に過ごせる時間は
一日の生活の中で
いちばん落ち着ける時間

幻　想

春になると
いろんなことが始まり
いろんな人に出合い
新しい日々を過ごす

三月に別れた人たちのことさえ
思い出すことも出来ないままに
いそがしい日々を過ごす

毎日通勤電車に揺られて
過ぎ去ってゆく風景に
ぼくはどうしたいのか

どうするべきなのか
見失ってしまう　毎日

あなたに会わなくては
という気持ちと
もう会えないかもしれない
という気持ちが交わって
やがてひとつの幻想になる

桜の花たちは咲き乱れ
足元にピンク色の絨毯を敷き詰める
今この世界にあなたがいない
という違和感が
ぼくを包み込むようにして
歩こうとするぼくの行方を阻む

このまま桜の木の下で
立ち尽くしていたら
今あるすべての現実から
遠ざかることができるのか

このまま桜の木の下で
目を閉じていたら
あの頃のあなたのぬくもりに
戻ることができるのか

やがて冷めてゆく夢のように
巡り繰り返す季節のように
いつかはあなたを忘れるのだろうか

ひとり立ち尽くす桜の木の下に
風に散って行く花びらに　ぼくは

あなたが残していった
幻想さえも見失ってしまう

春の幻想の下

風

二十歳を過ぎたあたりから
ぼくの身のまわりは
気づかない間に
大きく様変わりを始めて

電気代が沢山かかって
遠くの景色があいまいにみえて

走る速度は気がつかないうちに
誰よりも早くなっていて

車を追い抜き

電車を追い抜き
雲に近づき
風に近づき

やがてぼくはなにになるんだろ？

誰かの話を聞く余裕も
今のぼくの生活には
入り込む隙間さえないほどに

あわただしく
毎日忙しく

こんな日々の先に
待っているものは何なんだろ

未来はお店で売ってはいません
時間は安くはなりません

スナップ

少しぬるくなった
お茶をのみながら
ゆっくり　ゆっくり
春を待ちましょう

あなたの顔を眺めながら
ゆっくり　ゆっくり
春を待ちましょう

風が吹いて桜の花びらが
あなたのおだやかな
鼻先に止まる

いいね　やっぱり春は
なつかしく　あたたかい
新しい風が僕たちをつつむ

いねむりをしてしまいそうな
日差しの下
春の一日を忘れないように
そっと切り取って
内ポケットにしまおう
君の笑顔といっしょに

まいにち

毎日毎日ぼくは旅を続ける
朝早くから　夜遅くまで
止まることなく　休むことなく

いろんな人と出会いながら
別れながら
季節をいくつも飛び越えて
車を使って　電車を使って
いろいろな街を歩き
知らない何かに出会いながら
ぼくはそのひとつひとつを
ことばに変えて　形に変えて

毎日旅を続ける

毎日毎日新しい何かを
探しながら　求めながら
大切な何かに出会ったのなら
ぼくはそのひとつひとつを
言葉にかえて
忘れないよう
なくさないよう
そっと切り取ってゆこう

例えば新しいものごとを
新しく思えなくなることが
あったとしても
だいじょうぶ
だいじょうぶ

少し休もう
なんにもしないで
少し休もう
ゆっくりとして
気持ちがまた歩き出したくなるまで

毎日毎日ぼくは旅を続ける
誰に言われたわけではなく
誰に言うわけでもなく
止まることなく　休むことなく
新しい何かを探しながら
求めながら
ぼくは旅を続ける

旅支度

忘れ物はないように
人差し指で確認しながら　君は
うれしそうに
楽しそうに
うれしそうに
楽しそうに
部屋の中を走り回りながら
ひとりごとを

くりかえすくりかえす

カメラを探して
時計を探して

まるで遠足に行くときみたいに
うれしそうにしている
楽しそうにしている

一年に何回　こんな風な思いを
君にさせてあげられるのだろう
何ヶ月に一度　こんな風に君を
喜ばせることができるのだろう

忙しい毎日にたまってゆく

ごめんなさいとありがとうを
まとめて君に伝えられるように
少しずつでも返してゆけるように

旅に出よう
退屈で眠くなりそうな
生活のリズムを崩そう

旅に出よう
埃が乗っている
僕らの新車をきれいにして

あの青空の下へ
君の笑顔に会いに行こう

ゆめのかたち

雨の朝

今朝ひとりで電車に揺られていたら
君の話を思い出した

毎日過ごしていくうちに
忘れていた大事なことを思い出した

もうどれくらいになるのだろう
おんなじ時間を分け合いながら
山あり　谷あり
そこそこのペースを保ちながら
ぼくたちは一緒に走りつづけて

うれしいことやら
悲しいこと
全てをふたりで分け合って
一山越えて　人波越えて
ぼくたちのペースを守りながら
いつもそばにいつづけて

いちばん大切なことは
いつも一緒にいられることなんだよ
毎年繰り返す季節をマンネリと
呼ぶよりは新鮮と言い続けていたい

こうして毎朝君の顔を見られることを
神様に感謝しなくちゃね

毎晩おだやかな寝顔を見られることを

神様に感謝しなくちゃね

いちばん大切なことは
いつも一緒にいられること
毎日過ぎてゆく時間を
おだやかな気持ちでいられること

こうして毎日君と会えることを
神様と君に感謝しなくちゃね

都会の信号

真夜中
誰もいなくなった交差点で
信号機が静かに動いている

誰も気付くことがないほどの
静かな呼吸を繰り返しながら
彼は休むことなく

赤から青へ
青から黄色へ

時折車が通りすぎて行くけれど

おんなじリズムを守りながら
彼は呼吸を繰り返している

ぼくは立ち止まりその動きを見守る

赤から青へ
青から黄色へ

彼の一日の始まりと終わりは
僕たちの生活のように
分かりやすくはないけれど
中途半端でもなく
いつもおんなじリズムを
繰り返し繰り返す

朝早くここにいると

たくさんの人たちが
彼のことを無視して
次々と渡っていってしまう

それを見たまだ小さな子供たちも
まわりの動きに戸惑いながら
つられるように渡って行く

赤から青へ
青から黄色へ

大人から子供へ
子供から大人へ

ぼくはその背中を見つめている

ほたるのうた

澄んだ空気が
鼻から体中にゆき渡り
なんだかとてもおだやかで
ゆっくりとした時間を
手に入れたかのように
静かな時間が僕を包む

空から見えない透明なカーテンを
降ろされたみたいに
ぼくの心と体はしっとりとして
どこかなつかしい時間の中に
いるみたいな気持ちになる

どこかで川の流れる音が聞こえる

ぽつり　ぽつりと
音もなく蛍が明かりを灯しはじめる
誰にも気づかれないように
そっと　そーっとね

やがて真っ暗な世界に
蛍が踊りはじめる

目が慣れてくるまでは
こんなにいるなんて
気がつかなかった

もしかしたらぼくも蛍とおんなじように

ほのかな明かりを灯しているのかな
この世界にそっと　そーっとね

ゆめのかたち

子供の頃考えていた夢
途方もない夢
現実的な夢

そのひとつひとつが
気がつかないうちに
ころころころころ形を変えて

いつのまにか

お金で買える夢になり

誰とも違わぬ夢になり
ちょっとずつ手に入れる
分割で手に入れる

そんな現実的な夢よりも
もっと途方もない夢を
誰かに笑われそうな夢を

目指そう　もう一度　もう一度
子供の頃のように
もう一度　目指そう

もっと明日を新鮮に受け止められるように
いつも新しい気持ちでいられるように

胸を張って夢といえるくらいの夢をみよう

壁に飾られた物語

この街でいちばん最初にこの仕事を始めたのよ
あの頃はまだここを訪れる人も少なくて
当時はどこの街にも同じような景色が広がっていたからね

壁に飾られた絵の前で奥さんは
昔の話をなつかしそうにしてくれた

窓から入る山からの風はやさしく
僕の横にいる君の髪をゆらしてゆく

白樺の林　青く澄んだ空
目の前には彼女が夢を育てた建物が見える

木の匂いがする扉を開けると
吹き抜けになったリビングに
天井から差し込むやわらかな日差しが
部屋の隅々まで明るく照らしている

この明るさは窓の外の光のせいだけではなく
ふたりがこの場所に住み始めてからの時間と思い入れが
部屋全体を明るくしているんだね

丁寧に清掃されて花が飾られている部屋
いくつもある部屋の中で
二階にある屋根裏部屋が
来る人みんなの特等席

忘れてしまった空への憧れをもう一度思い出せる

星空を見ながら眠ることができる
この街で一番空に近い場所
この場所に来てからふたりでたくさんの旅人を迎えて
季節の色とおなじくらいの人々の表情と
たくさんの楽しかった時間

壁に飾られた絵の前で奥さんは
昔の話をなつかしそうにしてくれた

窓から入る山からの風はやさしく
僕の横にいる君の髪をゆらしてゆく

白樺の林　青く澄んだ空

目の前には彼女が夢を育てた建物が見える

今でもかわらずに壁に飾られた絵の中で
この街をおとずれる旅人をやさしくつつんでくれる

緑色の休日

休日　久しぶりに家に帰ると
とうさんが草取りをしている

パラソルを立てた庭に
いつも決まって
ラジオをかけながら

かあさんとふたりで
青い空の下　緑色の休日

特にお互いにしゃべるわけでもなく
ごく当たり前のことをしているように

ただたんたんと草を刈っている

僕が子供の頃に見ていた風景と
何も変わっていないように
休日にふたりで草を刈っている

なんにも言わずに草を刈っている
ふたりの背中を見てると思うんだ

とーさん　かーさんありがとね

世間ではいろいろなことが起きていて
日々忙しく世界は動いているはずなのに

ぼくたちのまわりの風景は
いつまでもかわっていないような

そんな気にさせてくれる

家を離れても
おんなじような安らぎを
いつも僕に与えてくれるから

とーさん　かーさん　ありがとね

著者プロフィール

いとう たかゆき

1969年、千葉県市原市生まれ。

すろう SLOW

2001年11月15日 初版第1刷発行

著 者 いとう たかゆき
発行者 瓜谷 綱延
発行所 株式会社 文芸社
〒112-0004 東京都文京区後楽2-23-12
電話 03-3814-1177(代表)
03-3814-2455(営業)
振替 00190-8-728265

印刷所 図書印刷株式会社

ISBN4-8355-2793-3 C0092